A Luna, la niña de ricitos de oro,
¡que tus deseos se cumplan!

Dirección editorial: Raquel López Varela
Coordinación editorial: Ana María García Alonso
Maquetación: Cristina A. Rejas Manzanera

© Yanitzia Canetti

© EDITORIAL EVEREST, S. A.
Carretera León-La Coruña, km. 5 - LEÓN
ISBN: 84-241-8774-1
Depósito Legal: LE. 26-2006
Printed in Spain - Impreso en España

EDITORIAL EVERGRÁFICAS, S. L.
Carretera León-La Coruña, km. 5
LEÓN (España)
Atención al cliente: 902 123 400
www.everest.es

Ay, luna, luna, lunita…

Yanitzia Canetti

Ilustrado por
Ángeles Peinador

EVEREST

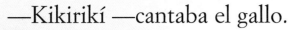

—Kikirikí —cantaba el gallo.

Entonces el sol bostezaba, estiraba sus rayos hasta el punto más alto del cielo y asomaba su cabezota despeinada detrás de las montañas. Amanecía en la granja de Federico Feliciano de la Feria.

Y Federico, que era un hombre feliz, se levantaba cada mañana a dar de comer a sus animales, sin sospechar lo que ocurría cada noche. Para él, todo estaba bien y en su sitio. ¡Ay, si supiera…!

Apenas el sol se iba a dormir y la luna se plantaba de señorona en el mismo centro de la noche, los animales empezaban a hacer de las suyas y a pedirle deseos a la luna.

Todo empezó una noche de luna llena. El primero fue el cerdito.

—¡Qué triste vida la mía!
¡Qué infeliz me siento hoy!
¡Quiero ser otro animal!
¡No me gusta ser quien soy!

Ay, luna, luna, lunita,
tú que eres tan bonita,
¿me podrías complacer
antes del amanecer?

Entonces la luna iluminó con su foco azul-plateado
la cara llorosa del cerdito, y le preguntó:

—¿Y qué animal quieres ser,
si es que se puede saber?

El cerdito pensó y pensó en lo que necesitaba para
ser completamente feliz. Y concluyó que para ser feliz
debía ser un animal muy diferente al que él era:

—Quiero tener alas,
me gustaría nadar.
No quiero bañarme en lodo,
y no me gusta engordar.

La luna le concedió su deseo. Y convirtió al cerdito
en un hermoso patito.
Ya no decía **oinc, oinc, oinc.**
Ahora decía **cuá, cuá, cuá.**

Por su parte, el pato graznaba y se lamentaba:

—¡Qué triste vida la mía!
¡Qué infeliz me siento hoy!
¡Quiero ser otro animal!
¡No me gusta ser quien soy!
Ay, luna, luna, lunita,
tú que eres tan bonita,
¿me podrías complacer
antes del amanecer?

Entonces la luna iluminó con su foco azul-plateado
la cara triste del patito, y le preguntó:

—¿Y qué animal quieres ser,
si es que se puede saber?

El patito pensó y pensó en lo que necesitaba para
ser completamente feliz. Y concluyó que para ser feliz
debía ser un animal muy diferente al que él era:

—No me gustan mis alas,
No me gusta mi pico.
Quiero tener cuatro patas
y quiero tener hocico.

La luna le concedió su deseo. Y convirtió al patito
en un gracioso perrito.
Ya no decía **cuá, cuá, cuá.**
Ahora decía **guau, guau, guau.**

Por su parte, el perrito ladraba y se lamentaba:

—¡Qué triste vida la mía!
¡Qué infeliz me siento hoy!
¡Quiero ser otro animal!
¡No me gusta ser quien soy!
Ay, luna, luna, lunita,
tú que eres tan bonita,
¿me podrías complacer
antes del amanecer?

Entonces la luna iluminó con su foco azul-plateado
la cara acongojada del perrito, y le preguntó:

—¿Y qué animal quieres ser,
si es que se puede saber?

El perrito pensó y pensó en lo que necesitaba para
ser completamente feliz. Y concluyó que para ser feliz
debía ser un animal muy diferente al que él era:

—No me gusta tener pelos,
ni quiero tener rabito.
Quiero ser verde y saltar.
Prefiero ser más chiquito.

La luna le concedió su deseo. Y convirtió al perrito
en una rana saltarina.
Ya no decía **guau, guau, guau.**
Ahora decía **croac, croac, croac.**

Por su parte, la rana croaba y se lamentaba:

—¡Qué triste vida la mía!
¡Qué infeliz me siento hoy!
¡Quiero ser otro animal!
¡No me gusta ser quien soy!
Ay, luna, luna, lunita,
tú que eres tan bonita,
¿me podrías complacer
antes del amanecer?

Entonces la luna iluminó con su foco azul-plateado
la penosa cara de la ranita, y le preguntó:

—¿Y qué animal quieres ser,
si es que se puede saber?

La rana pensó y pensó, y concluyó:

—No quiero ser chiquitita.
Estoy harta de saltar.
Quisiera ser bien grandota,
tener un rabo y pastar.

La luna le concedió su deseo. Y convirtió a la rana
en una enorme vaca.
Ya no decía **croac, croac, croac.**
Ahora decía **muu, muu, muu.**

Por su parte, la vaca mugía y
se lamentaba:

—¡Qué triste vida la mía!
¡Qué infeliz me siento hoy!
¡Quiero ser otro animal!
¡No me gusta ser quien soy!
Ay, luna, luna, lunita,
tú que eres tan bonita,
¿me podrías complacer
antes del amanecer?

Entonces la luna iluminó con su foco azul-plateado
la cara angustiada de la vaca, y le preguntó:

—¿Y qué animal quieres ser,
si es que se puede saber?

La vaca pensó y pensó, y concluyó:

—No me gusta ser tan grande
ni ser vaca lechera.
Quiero tener pico y plumas,
ser más chiquita y ligera.

La luna le concedió su deseo.
Y convirtió a la vaca en un pollito pequeñito.
Ya no decía **muu, muu, muu.**
Ahora decía **PÍO, PÍO, PÍO.**

Por su parte, el pollito píaba y se lamentaba:

—¡Qué triste vida la mía!
¡Qué infeliz me siento hoy!
¡Quiero ser otro animal!
¡No me gusta ser quien soy!
Ay, luna, luna, lunita,
tú que eres tan bonita,
¿me podrías complacer
antes del amanecer?

Entonces la luna iluminó con su foco azul-plateado
la cara tristona del pollito, y le preguntó:

—¿Y qué animal quieres ser,
si es que se puede saber?

El pollo pensó y pensó, y concluyó:

—No quiero ser tan chiquito.
No me gustan mis alitas.
Quiero ser bien lanudito,
tener cuernos y orejitas.

La luna le concedió su deseo. Y convirtió al pollito
en un carnero lanudo.
Ya no decía **PÍO, PÍO, PÍO.**
Ahora decía **bee, bee, bee.**

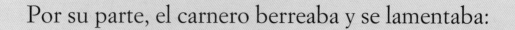

Por su parte, el carnero berreaba y se lamentaba:

—¡Qué triste vida la mía!
¡Qué infeliz me siento hoy!
¡Quiero ser otro animal!
¡No me gusta ser quien soy!
Ay, luna, luna, lunita,
tú que eres tan bonita,
¿me podrías complacer
antes del amanecer?

Entonces la luna iluminó con su foco azul-plateado
la cara enojada del carnero, y le preguntó:

—¿Y qué animal quieres ser,
si es que se puede saber?

El carnero pensó y pensó, y concluyó:

—Estoy harto de mis cuernos.
La lana me da calor.
Quiero unos ojos bonitos
y ser un buen cazador.

La luna le concedió su deseo. Y convirtió al carnero
en un lindo gato.
Ya no decía **bee, bee, bee.**
Ahora decía **miau, miau, miau.**

Por su parte, el gato maullaba y se lamentaba:

—¡Qué triste vida la mía!
¡Qué infeliz me siento hoy!
¡Quiero ser otro animal!
¡No me gusta ser quien soy!
Ay, luna, luna, lunita,
tú que eres tan bonita,
¿me podrías complacer
antes del amanecer?

Entonces la luna iluminó con su foco azul-plateado
la cara malhumorada del gato, y le preguntó:

—¿Y qué animal quieres ser,
si es que se puede saber?

El gato pensó y pensó, y concluyó:

—No quiero cazar ratones,
ni estas uñas que me arañan.
Quiero cargar muchas cosas
e ir por llanos y montañas.

La luna le concedió su deseo. Y convirtió al gato en
un fuerte burrito.
Ya no decía **miau, miau, miau.**

Ahora decía **ijá, ijá, ijá.**

Por su parte, el burro rebuznaba y se lamentaba:

—¡Qué triste vida la mía!
¡Qué infeliz me siento hoy!
¡Quiero ser otro animal!
¡No me gusta ser quien soy!
Ay, luna, luna, lunita,
tú que eres tan bonita,
¿me podrías complacer
antes del amanecer?

Entonces la luna iluminó con su foco azul-plateado
la cara quejosa del burro, y le preguntó:

—¿Y qué animal quieres ser,
si es que se puede saber?

El burro pensó y pensó, y concluyó:

—No quiero llevar la carga
sobre mi lomo cansado.
Yo quiero tener dos patas
y plumas por todos lados.

La luna le concedió su deseo. Y convirtió al burro
en un llamativo pavo.
Ya no decía **ijá, ijá, ijá.**

Ahora decía **glu, glu, glu.**

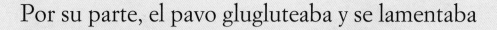

Por su parte, el pavo glugluteaba y se lamentaba

—¡Qué triste vida la mía!
¡Qué infeliz me siento hoy!
¡Quiero ser otro animal!
¡No me gusta ser quien soy!
Ay, luna, luna, lunita,
tú que eres tan bonita,
¿me podrías complacer
antes del amanecer?

Entonces la luna iluminó con su foco azul-plateado
la cara arrugada del pavo, y le preguntó:

—¿Y qué animal quieres ser,
si es que se puede saber?

El pavo pensó y pensó, y concluyó:

—Quiero tener cuatro patas
y una cola bien hermosa.
Y cambiaría mis plumas
por una crin majestuosa.

La luna le concedió su deseo. Y convirtió al pavo en
un atractivo caballo.
Ya no decía **glu, glu, glu.**
Ahora decía **hiii, hiii, hiii.**

Por su parte, el caballo relinchaba y se lamentaba:

—¡Qué triste vida la mía!
¡Qué infeliz me siento hoy!
¡Quiero ser otro animal!
¡No me gusta ser quien soy!
Ay, luna, luna, lunita,
tú que eres tan bonita,
¿me podrías complacer
antes del amanecer?

Entonces la luna iluminó con su foco azul-plateado
la cara desesperada del caballo, y le preguntó:

—¿Y qué animal quieres ser,
si es que se puede saber?

El caballo pensó y pensó, y concluyó:

—Ya no quiero ser famoso
ni ser fuerte ni bonito.
Me gusta el rabo chistoso
y la nariz del puerquito.

La luna le concedió su deseo. Y convirtió al caballo
en un cerdito simpático.
Ya no decía **hiii, hiii, hiii.**
Ahora decía **oinc, oinc, oinc.**

Así, cada noche, los animales desean ser otro muy diferente al que son y le piden a la luna otro cambio, y otro, y otro, y otro. Y la luna les cumple siempre sus deseos.

Y cada día al amanecer, Federico Feliciano de la Feria los alimenta sin notar nunca nada extraño. Siguen estando los mismos animales de siempre.

El único que parece feliz, además de Federico –cuyo único deseo es que todo en la granja esté en orden–, es el gallo.

Pero el gallo también pide algo cada noche, aunque siempre sea el mismo deseo.

—¡Qué buena vida la mía!
¡Qué feliz me siento hoy!
¡Cuánto aprendí este día!
¡Qué suerte de ser quien soy!
Ay, luna, luna, lunita,
tú que eres tan bonita,
¿me podrías complacer
antes del amanecer?

La luna ilumina con su foco azul-estrellado la cara alegre del gallo, y le pregunta:

—¿Y qué animal quieres ser,
si es que se puede saber?

El gallo ni lo piensa. Enseguida responde:

—Quiero ser mañana
mejor gallo que hoy,
pero sin dejar nunca
de ser quien soy.
Me gusta mucho mi cresta,
mis plumas y mi color.
Quiero ser el mismo gallo
pero cada vez mejor.

La luna no tiene que concederle su deseo. Él mismo hace que se cumpla. Sigue siendo gallo, pero cada día, al amanecer, se esmera en que su canto sea más hermoso.

Canta
**kikirikí, kikirikíiii,
kikirikíiiiiiiiiiii.**

Federico Feliciano de la Feria sigue creyendo que todo en la granja está en su sitio. No sospecha que cada noche los animales se la pasan pidiéndole deseos a la luna y cambiando plumas por pelos, cuernos por picos, cuatro patas por dos, dos patas por cuatro, un tamaño por otro y un color por otro. Para él todos son los mismos de siempre y nada ha cambiado.

Sólo el gallo parece distinto. Federico Feliciano de la Feria ya ha empezado a notar el cambio y a veces confunde sus plumas con los rayos del sol.